根幹

バスは左眼下に清流を、右手窓外に紅葉が迫りくる中をかき分けるようにして坂道を上っていく。恵那山トンネルを抜けてすぐのバス停で乗車したとき、そのバスの乗客は数名であった。

乗客はこの土地の者であろう。七十歳はとうに過ぎたであろうと思われる老婆ふたりと、四十代の教員らしき男性とそれに美代である。老婆ふたりは、この二、三日急に冷えた日があったことで、山の紅葉が一段と濃さを増したことを、口々に話していた。その声はバスの中とはいえ、一段と声高となっていた。

老婆の首には薄いスカーフが巻かれ、両手は節くれだっている。嫁のこと、孫のことをたがいに話題にしながら途切れることはなかった。美代は声高の話を聞くともなく聞きながら、あるいはこれは高齢者の耳が遠くなっているのかもしれないと思うのであった。

このバスの始発は飯田である。飯田は信州の南端に位置する人口二十万の城下町である。十八年前と変わったことといえば、道路が整備されたことと、窓外に建つ家屋は新築の家が増えつつあることであった。今も変わらぬ風景は山々の紅葉と眼下の清流で、上流に行くにつれ、その川幅を狭くし、流れも急を増していった。

美代は名古屋から中央道を高速バスでやってきた。中央道の両岸は赤や黄色の落葉樹と緑の針葉樹とのコントラストが鮮やかであるのに比べ、長野と岐阜の県境にある峠への道は紅葉が多く、落葉樹の多いことを意味していた。美代は落葉樹の多いことがその土地の生活と関連するかもしれないと漠然と考えていた。

バスはどの辺りまで上ってきたのであろうか。右へ折れ左へ曲がりした山道を九十九折《つづらお》れと表現したのかもしれない。運転手は五十代の男性である。運転する後ろ姿は、仕事への自信と責任感のある背中を感じさせた。十八年前のあの頃もやっぱり五十代の人で、そういえば村の出身者であった。身体も頑丈でいかにも頼り甲斐のある運転手であった。この曲がりくねったひとつ間違えば崖下へ一直線に転落する心配もあるこの道を、右へ左へハンドルを切りながらの運転であったが、心配よりもこの人に命を預けても大丈夫と思わせた人であった。

今日の運転手もやっぱり安心感を与えるような人であった。バス会社はこんな山道だから地形をよく理解している地元の人を充《あ》てるのかもしれないと思ったりした。

そんなことを考えていると、ちょうど巨大な岩を真ん中で真っ二つに切ったような切り立った岩の間を、バスが通り抜けた。そういえばここを通り過ぎると、あの懐しい山村に入ったという記憶があった。夏にここを通ると空気がまったく違ったものに感じられ、ひんやりとした冷気は心地よかったものだ。

そうこうしているうちに郵便局の前を通り、農協の前でバスは停車した。男性の客がひとり降りた。美代は当初、次の中学校前で下車する予定であったが、ふと、この農協の前で下車して中学校までの七、八分の道のりを歩くのもよいかもしれないと思ったのであった。そして晩秋のこの景色の中を、ゆったりと歩いてみる気になった。バスが発車しそうになると、慌てて「すみません、降ります」と言って降りた。

この村は上地区と下地区に分かれていた。それぞれに小学校があるが、中学校は村の中央辺り、両地区の境辺りにひとつある。そこはちょうど人家が途切れる辺りである。下地区の小学校は農協から中学校までのＳ字状の道路から下を見下ろすと、擂鉢状の底に位置していた。

そのバス通りに面して歩いていくと、右手上方から小川が流れているところにきた。川幅の狭い小川は清冽な流れを速くしている。両岸をススキの枯れ草が覆い被さるように、そして赤や黄色の枯葉が疎水をつくっていた。今どきの小川はコンクリートに塗り固められていることが多いが、ここにはまだ土手のある風情が残っていた。

そこで三十代かと思われる女性が青菜を洗っていた。美代がそこを通り過ぎようとするのと、その女性が腰の辺りを右手でトントンと叩いて、立ち上がろうとするのが同時であった。そのとき、美代はその女性と目が合った。どちらともなくあっという小さな感嘆が口からもれた。見覚えのある顔であった。相手の女性は「あっ!!」と言ったあとで、

「あのお、先生?」

ためらいがちにそう聞いた。美代はその女性の顔を確かに思い出してはいたが、どうしても名前が思い出せないでいた。すると女性は
「私、綾子。先生、綾子です」

「あっ、そうだった。綾子さんだった」とようやく記憶を呼び戻しながら、綾子の水にふやけた、冷たく赤くなった両手を包むように握っていた。

「私の家すぐ上です。寄ってってください」

そう言う綾子のあとに従い、彼女の家に寄ることにした。小川に添って土手道を上方に上っていったところに綾子の家はあった。彼女の生家は上地区であったが、ここ下地区へ嫁入りしてきたのだという。夫は村役場に勤めているという。
五、六歳と思われる男の子がいつの間にかきて、母親にまとわりついていた。美代の顔を見ると母親の衣服にしがみついて後ろにまわり、顔だけちょこんと出している。男の子は美代の目と合うと慌てて母親の後ろに顔を隠した。よく

見ると男の子の手には、赤い紅葉の小枝がしっかりと握られていた。

あれから何年の年月が経ったのだろうか。浜田美代がこの村の中学校に就職したのは十九歳のときであったから、さかのぼってみても十八年の歳月が流れたことになる。綾子が中学一年に入学してきたときに美代と出会ったわけであるから、その彼女は三十一歳という計算になる。

綾子の家は古い二階建てではあったが、玄関だけは新しいアルミサッシの引き戸が入っていた。綾子は美代の前にお茶と鬼万十と漬け物を運んできてすすめた。漬け物は筍の漬け物で、十八年前に味わったことのある懐しい味であった。やはりこの地域では、今もあの頃のように筍を漬けているらしかった。信州はお茶と漬け物のよく似合う土地柄なのだ。

海抜八百メートルのこの地まで上がってきたから、身体も冷えていた。美代は綾子の家で手洗いを借りることにした。今どきにしては珍しく板の間の床で、田舎のよさを未だに残している。その上、板の間と便器がよく拭きこまれていて掃除がゆき届いていることが、何よりも美代を喜ばせた。「いいお嫁さんだな」と内心思い、彼女の日常の働きぶりを垣間見る思いがした。

隅には牛乳瓶をアルミ箔で包んだものであろうか、そこには先ほど男の子が手にしていた紅葉の小枝が楚々として挿してあった。美代はそこに当時の自分の姿を重ね合わせ、深い感慨を覚えたのであった。


昭和四十年代半ば、十九歳の美代は当時の校長に請われて、この山村の中学校に赴任してきた。校長は美代の恩師であって、校長になって初めての赴任地であった。美代はその当時、地元の准看護婦学校を卒業した翌年であったから、養護教諭とまではいかず、養護助教諭という身分であった。ちょうど当時、美代は看護婦学校へ行き、正看護婦の資格を取りたいと考えている時期でもあった。

校長には申し訳ないが、美代は自分では喜び勇んで就職したわけではなかった。仕事への不安があったからであった。美代は断わるわけにもいかず、自分の身分不相応を承知の上での赴任であった。

入学式の日の朝、中学一年生となったばかりの女子生徒が、保健室へ飛びこんできた。セーラー服を着て下はスラックスの片足を膝までまくり上げていた。セーラー服のリボンは、白いには白いが細くよれよれとした感じで、土のついた手で結んだのであろうか、土か血か分からないようなものがついていた。

膝は擦りむいた傷で、血が滲んでいた。その傷に付着している砂を洗い、簡単な手当てをしてやった。その女子生徒は、今朝、家の手伝いで炭俵を担いで山を下りる途中、滑ったのだと説明した。この土地の子供はよく働く子供たちだということが、この日すでに美代の脳裏にインプットされたのである。

このことが美代を村に住む生徒に対し、より親近感を覚えさせることになった。なぜならば美代も彼等の年齢には、同様に毎日の家事手伝いが日常茶飯事になっていたからであった。この日の膝小僧の手当てをした女子生徒こそ、綾子だったのである。

この山村の中学校は、清流を見下ろす高台に建っていた。生徒は一二十名、教職員は九名と小人数のこじんまりとした構成であった。学校は下地区のはずれにあり、近くには一、二軒の農家と教員住宅があるだけで、他に人家はなかった。古い校舎の棟続きには、新しい体育館がひときわ偉容を感じさせた。

この村には国会議員や大会社の社長というひとかどの人物を輩出していることを聞かされていたが、その人たちの寄進等もこの体育館建設には大きな力になったということであった。

学校は二階建ての古い木造校舎で、玄関が中央に位置し、学校の周囲には木が植えられていた。校舎続きに一軒の和室の離れがあって、これは来客接待用兼教員の当直室として使われていた。さらにその隣には学校給食用の厨房と給食婦の休憩室があった。美代はこの木造校舎が大層気に入った。教職員用の玄関は特別の装飾品も置いてなかったが、板の床の黒光りが何ともいえず清新な印象を与えてくれたからであった。

何も新しいものばかりがいいのではない。昔の農家の黒くふすぐれた板の間に磨きをかけたような、そんな歴史をも拭きこんだ重厚ささえ感じさせるのだった。この山村に相応しい、この山村らしさは他にもあった。

美代がこの学校にきて驚いたことにトイレの手洗水がある。トイレはもちろん木造であることは驚きもしなかったが、トイレの手洗いは水道の蛇口ではなく、家庭用に使われている水さしで上に押し上げると水が出る、あの手洗水なのであった。今でもこの手洗水が使われていることに、なんとまあ山の中なのかと思ったのが正直な気持ちであった。

学校には水道はあったが、トイレにはまだ引かれていなかったのである。しかし、これは冷寒地故に、水道管破裂を危惧しての対策であったかもしれないと気づいたのは、もう少しあとのことであった。

学校や公共の場のトイレは汚れがひどいことと相場は決まっている。生徒は掃除の時間には緊張もとれ、ワイワイガヤガヤとしていて、汚れたトイレはそのままにしていた。美代は中学生にそれを強いることは、無理だとも思っていた。そんなときは黙って美代が掃除をすることにしていた。

生徒は遠巻きに、ワーワーと言いながらはやしたてていたが、そのうち次第に自分たちでするように変わっていった。最近は「お花の一輪もあったら言うことないねー」と言うと、翌日には誰がつくったのか、細竹に針金を通してつくった花生けに、路傍の草花が生けられていた。

美代は翌日の掃除の時間に、

「みんなは偉いねー、百点。ああ、きれい!!」

と大仰に言うと、生徒は照れくさそうな顔をしていた。

山の生徒は純朴だ。この村に生まれた子供は悪いことなどしない子供ばかりだと、内心自分の子供のような誇らしさを覚えた。

「この竹の花生けは誰がつくってくれたの?」

美代が言うと

「先生、それはねー、○○がつくったんだよ」

「じゃあ、この花は?」

「それはねー、○○が持ってきた」

男の生徒二人は、たがいに相手の名前を美代に告げた。まわりの男子生徒がウォーとはやしたてる中、二人はきまり悪そうにはにかみを見せた。みんなのウォーは、彼等なりのほめ言葉に代わるものであることを、美代は実感していた。

二月のある日、県の教育委員会からこの山村の中学校に、指導主事が視察に来校することになった。指導主事の来校となると、教育現場に評価が与えられるということもあって、緊張感が漂っていた。

指導主事来校の日。美代はいつものようにトイレの手洗水を温水で満たした。手洗水はこの寒気で凍りついていて水は出ない。そこで生徒の登校前に湯を入れて溶かし、生温かい湯を満たしておくことを常としていたのであった。この行為を続けていくうちに、美代はこの手洗水が何とも大切な一品に思えるようになっていた。

指導主事が研究授業を視察している間、美代は来客のための昼食を用意しなければならなかった。町中であれば出前をとり寄せるところだろうが、山の中ではそうもいかない。この学校への来客には、女教師が昼食を用意することになっていた。家庭科の女教師と昨日のうちに献立をつくり、材料も買いそろえてあった。料理の得意でなかった美代が、自分の下宿先の特製ダンボール本棚から、買い集めた料理の本を取り出し、材料を応用しながら先輩の女教師について料理をすることは、その後の人生の中でも役に立つことになった。

膳には山の青葉、木の実、竹の笹なども料理の演出者となることを学んだのであった。指導主事が帰ると、校長から呼ばれた。学校のトイレがこれほどきれいなところはない。手洗水の湯水への心配りなど大変好評であったと聞いた。校長のいつもよりトーンの高い話しぶりからも、その喜びようは伝わってきた。

美代は、自分がなんでもなくやってきたことに好評をもらったことに、大変気をよくした。これらのことも教育現場としての評価につながることなのであった。病院での体験がこのような形で評価されたことに、内心うれしくもあり、少しは役に立っているのかもしれないという、少なからぬ満足感を持った。

中学校を卒業して十六歳であった美代は、家の経済状態もあって准看護婦学校へと進んだ。学業を終わりにして就職することに、淋しさを感じたからであった。就職した病院は中規模の病院で、入院患者は四十名近くはあった。ここで働きながら学校へ通うという二年間を送ったのである。

就職した病院は静岡と長野の県境にあって、人口十万にも充たない町の中にあったが、医者の腕がいいという評判のよい病院であった。病院は内科と外科で大変立派な設備を持つ病院であった。院長の本宅が病院に隣接していて、病院の職員は三十名くらいであった。

院長の家族は夫妻に子供ふたり、十一歳の女の子と八歳の男の子がいた。それにもうひとり若い医師が居候していた。その人は、院長の病死した姉の息子ということであった。院長の甥ということになるその医師は、週の何日かを大学病院へ通うかたわら、休みの日はこの病院に顔を出し、院長の代替で診療をしていた。

美代は病院勤務といっても初めから白衣は着せてもらえず、頭にはナースキャップならぬ白い三角巾を被り、白衣ならぬ白エプロンというういでたちであった。

朝六時から夜は十一時でなければ寝られないといった生活であった。今の時代には考えもおよばない過酷な労働ではあったが、当時の美代はそれを当然の仕事と受けとめていたのである。滅私奉公という言葉がまだ生きているような時代であったといえるかもしれない。現代の若者にはとても一日も我慢のならない仕事の内容であった。

冬の朝六時はまだ暗い。病院の周囲を一周掃き掃除をするところから一日が始まる。白い息を吐きながら掃き清めていくことは、大変ではあるが、反面気持ちまでも清々しくさせ労働の辛さを忘れさせた。

なんの不自由もなく育った現代の若者は、朝起きるから母親がかりで、ようやく起きてできた朝ごはんを食べ、忘れ物を母親が心配し、時間を教えてもらい、至れり尽せりで送り出してもらうその生活は、果たして幸せなことなのかどうかは一言では言えないものがある。

親としての務めとはなんなのか、人は一生よい生活ができるとは限らないのだ。かといって一生苦労が続くものでもあるまい。苦難がふりかかったとき、自分の力で立ち上がり生きてゆけるような人間に育てることこそ、親の務めなのだ。若き日にバラを摘めとは西洋の格言であるが、若いうちに苦労をさせることが大切なのだ。

掃き掃除が終わると院長の二足の往診用の靴みがきがあった。ああ、これも私の仕事であったのか。しかし何事も無駄なことはないはずなのだ。靴だって磨き方がへたならば、皮は光り輝やかないのだ。後輩が入ってくるまでは、新米の看護婦はなんでもしなければならないのだった。

そうこうしているうちに先輩の看護婦たちが出勤してきて、病院の外来診療棟や病棟の掃除や、朝の看護業務にとりかかるのであった。美代は次の仕事にとりかかる。次は本宅の人たちが起きてくる前に、本宅一階の居間や玄関から廊下へと掃除をしなければならない。

障子の桟に叩《はた》きをかける。ペタペタとかけていては駄目なのだ。叩きの先を使って上に引きあげるような軽さが必要になってくるのだ。叩きは高いところから次第に低いところにかけなければ、またホコリが落ちてくる。襖の端を掃き上げ叩きをかけているとき、階段を下りてくる足音に気がついた。美代は叩きの手を止め振り返ると、そこにガウン姿の栗本が立っていた。

「………」

美代は声も出さず、チラと目を合わせたものの、すぐ俯いてしまった。考えてみれば「おはようございます」の挨拶ぐらいしてもよかったのだ。しかし言葉が出なかったのだ。栗本は声こそ出さなかったが、美代にはその目が優しいものに思えた。栗本はトイレに起きてきたのであった。

叩きの音はさらに軽快になり、美代は鼻歌の出そうな気分になりながら、仕事の能率を上げていった。栗本は院長の姉の一人息子で、母親は結婚数年で離婚し、息子を連れて弟である院長の病院で経理の手伝いをしていたが、栗本が中学一年のときに胃癌で他界したのであった。その後は息子の後見人となった院長のそばにいて、現在二十八歳で大学病院に通っているのだということを同僚の看護婦から聞いていた。

朝の仕事は、朝ごはんの九時まで続く。ここまで済ませた美代は、病院に戻り何か所ものトイレ掃除をしなければならなかった。患者用トイレは四か所、職員用は一か所あった。

初めの頃、美代は何をするために病院へ勤めたのか、看護婦の仕事はいつになったらさせてもらえるのかと思っていたが、そんな思いはいつしか消え、美代は今与えられている仕事を、精一杯するのだという考えが持てるようになっていた。

トイレ掃除は人が一番いやがる仕事なのだ。それならば、どこのトイレよりもきれいにしてやるという固い意志が芽生え出していた。美代は窓のないトイレが嫌いだった。職員用トイレは狭い上、窓がなかった。多分構造上、職員用にはよい位置に充分な広さを確保できなかったのだろう。そのため、廊下側のドアを半分開けた状態で掃除をしていた。院長の足音が近づいてきた。それは

黒皮のスリッパで靴のようにカッカッと音がすることで聞き慣れていた。その足音が足早に近づいたかと思うと、

「うちは浜田がいるから、トイレがきれいだなあ」

こう大きな声で言いながら通り過ぎた。なんというれしい言葉であったろう。院長先生はちゃんと見てくれていたのだという思いが、美代の心を熱くしていた。下っ端の美代は、普段は院長と話をする機会などなかった。美代は久し振りに院長に声をかけられて、返す言葉もなくただ黙って心地よさをかみしめていたのであった。そしてこのとき、人を動かす力、人にやる気を起こさせる術を体得したのも確かである。

院長は小柄ではあったが、やや細面で品格もあり、美男子で患者の信頼も厚かった。院長夫人は院長に相応しく聡明で、本宅からは時折、院長夫人の弾くピアノの音色が聞こえてきた。院長夫人は美代を大変気に入っていた。八歳の長男に、浜田さんはうちの婦長さんになる人ですよと言い聞かせるのであった。

幸せそうに見える院長夫人にも悩みがあった。院長の女性関係である。相手

は看護婦の北村裕子であった。三十五歳の裕子は独身で院長付きの看護婦として、いつも診療介助に立ち、往診についていくといった仕事のパートナーとして、院長の信頼を一心に受けているようであった。美代の耳にも同僚の看護婦から噂が入ってきていた。

裕子は仕事をてきぱきとこなし、誰の目にも仕事のできる看護婦という評価は同じであった。医師と看護婦との関係はとかく噂になるものであるが、仕事のパートナーとして医師を助けるならば、両者の間の信頼は強固となり、そこに愛情が生まれるのも当然と言えなくもない。許されることではないかもしれないが、美代は心の中の半分で肯定してしまうのであった。

病院は当直制である。診療時間は午前九時から午後五時までで、その後は当直看護婦へと交替する。夜は九時まで看護学生が手伝い、それ以降は当直看護婦二名の勤務となった。

お手伝いさんのような仕事の多かった新米の美代も、夜間はようやく看護婦らしい仕事につくことが許されるようになっていた。診療の介助、内服薬の分包、病棟患者の検温等である。薬の分包は手作業であったから、寮に帰ると薬包紙で薬を包む練習をした。

就職後半年も過ぎると、先輩看護婦とコンビを組んでの当直もするようになった。新米の美代はベテランの看護婦と当直を組むことが多かった。裕子もその一人である。その日もそうだった。

深夜十一時過ぎ、階段から落ちて頭部を打ったという子供を連れた母親が外来へきた。診察のあとX線撮影をすることになった。大病院であればX線技師がいて撮影するところなのだが、個人病院では医師が行なうところが多い。美代は裕子の指示で子供の頭部を固定することになった。

薄暗いX線室でプロテクターを着け、子供の頭部を固定するためにしっかりと自分の両肘を撮影台につけ、両手で側頭部を押さえた。介助を終えて美代が親子を連れて廊下へ出ると、裕子が入れ違いにX線室に入ってきた。裕子は今頃なんのために入っていったのか。プロテクターを装着したとはいえ、美代は若い。X線は生殖器には有害なのだ。できればX線には当たらぬ方がよいのだ。

それを知りながら裕子は美代にその仕事を言いつけたのだ。裕子は自分の身体の保護を考えただけなのか。

院長は現像室へ入ったようだ。待合室で母子を待たせていると、いつのまにきたのかそこに院長夫人が立っていた。

「診察終わりましたか?」

「はい、今レントゲンが終わったところです」

内心ぎくりとしてそう答えた。

院長夫人の顔は少しひきつっているように美代には思えた。それは美代の気のせいであっただろうか。美代は、今なぜぎくりとしたのだろうかと一瞬思った。院長夫人の顔を見たとき、次に何を聞かれるのかとの思いが、十六歳の美代の心に負担となっていた。

院長夫人は今日の当直が裕子であることを知っているのではないか。美代は返事をして反射的にレントゲン室のドアの上に出ている「使用中」の文字が今も電気が点いていて、この部屋へ入ってはいけない表示であることを確めていた。

「それで、先生は？」

「……今、現像中です」

「先生、おひとり？」

美代は一瞬、自分の口元が痙攣しているような錯覚に陥った。

「はい……そうだと思います」

ようやくそう答えた。

なぜ本当のことを言わなかったのか。裕子も多分現像室へ入っていったのだろう。現像はもう終わってもよい頃なのにまだ使用中の電気は点いたままだった。次は何を聞いてくるのか。「北村さんは？」と聞かれたら何と答えたらよいのか。美代は自分が嘘をついてしまったことを後悔し始めていた。もし聞かれたらこう答えようと考えていた。

「多分、病棟の患者さんのところへ行ってるかもしれません」

しかし……こうまで裕子を庇うことはないではないか。肝心のX線撮影のときは私をレントゲン室に入れておきながら、撮影が終わってしまってから仕事もないのに院長のいる現像室へ入っていったのだ。美代はそんな思いにとらわれていた。

しばらくして院長夫人は「そう…」と短く答えて本宅へ戻っていった。院長夫人は美代がまさか自分に嘘を言うはずはないと信じて帰っていったのではないか。その後ろ姿を見て、美代は自分のことをよく思ってくれている院長夫人に申しわけない思いで心を痛めていた。


朝のうちの掃除はまだ続いていた。仕事の段取りもあるのだが、ひときまりつくと午前九時になるのが常である。六時から今までの時間は、長くも短くも感じられた。先輩が食事をしたあとの食堂は閑散としていて、三時間働いたあとの食事は何を食べても空腹を充たすものであった。

看護学校は午後であるから、昼までの二、三時間にまだ掃除が残っていた。看護婦寮は病院の裏に隣接していて、大部屋に何人かが共同で生活していた。

この寮のトイレの掃除も美代の仕事である。木造住宅のトイレは木目を拭けば拭くほど床板の木目が美しく浮き出てくる。美代はトイレの掃除が好きになってきていたのであった。

午前中の残りの時間を気にしながら、次は本宅の離れの掃除にとりかからねばならなかった。新館の離れは本宅の母屋と長い廊下でつながっていた。子供の寝室、勉強部屋、応接室、トイレという間取りで新しい家具、子供のピアノ、高価な置物等、傷をつけないよう細心の注意を必要とした。

人は生まれた環境によってこんなにも違うのか。高価な家具に囲まれ、好きな勉強を最高の条件を整えてもらってする人たちがいる。自分はこの人たちの生活を羨望の気持ちで見ているのだろうか、美代はもうひとりの自分に聞いてみた。否、私には私の人生があるのだ。他人の生活を羨むことはないのだ。何が幸せで何が不幸かは一概には言えない。人間万事塞翁馬というではないか。

新築の家屋の拭き掃除には、濡れ雑巾は使わないように教えられていた。しかし美代はこれが好きではなかった。やはり雑巾はバケツで洗って固く絞って拭いた方が、掃除をしたという満足感がある。露伴はバケツの水は六分目と教えている。その六分目の水で絞り、キュッキュッと板の間を力をこめて拭くのだ。この原始的な労働にも、美代は喜びを感じていた。

仕事はまだあった。洗濯機を回し、アイロンがけをする。朝からどれだけの仕事を片づけたのだろう。八か所のトイレ掃除を終えた。こうして忙しく働き回ってようやく午前中を終えるのであった。


「栗本先生と野中さんのこと聞いた？」

「何のこと？」

「野中さん、栗本先生を好きみたいよ」

風呂の中で、二人の看護婦がする会話を聞くともなく聞きながら薪をくべていた美代は、自分の心の高鳴りを聞いた。私だって先生のことが好きだったのだ。栗本とは話らしい話はしたことがなかったけれど、私はいつしか栗本に魅かれていたと思う美代であった。

野中信子は二十四歳の中堅看護婦だった。病棟勤務をしていて美代とはときどき顔を合わせる程度であった。皆の話では、何人かの男性と交際しているらしかった。

栗本は最近大学の研究室へ通いながら、週一回市内の病院へアルバイトで夜間診療に行っているらしかった。時折この病院の夜間診療にもきていた。院長ができないときに代わりに診療に当たっていたのである。栗本は口数は少なく、診察のないときはマンガの本を見ていることが多かった。密かに慕う栗本を、あの信子が好きなようだという噂は、美代に少なからぬショックを与えた。

信子は仕事にも自信がつき、私生活でも奔放な生き方をしているようであった。美代は栗本に対する自分の気持ちを誰にも話したことはなかった。ただ、先生だけは私の気持ちに気づいてくれているように感じていた。

美代は信子に嫉妬の感情を抱いていた。まだ十七歳の、白衣もたまにしか着ることの許されない掃除ばかりしているような私など、先生はなんとも思ってはいないのだ。私のことなんか眼中にないのかもしれないのに。私は片思いに過ぎないのではないかとの思いにとらわれていた。

ある日、夜間の診療時間に交通事故で下腿の外傷をした患者が運びこまれてきた。院長の診察であったがちょうどそのとき、栗本も診察室にいた。院長は局所麻酔をかけたがあまり効かず、縫合するのに美代は足の固定のため、患者の両足を上から押さえつけていた。

そばで院長の手技を見ていた栗本は、足の固定を手伝おうと思ってくれたのだろう、白い清潔なリネンの下で足を押さえつけていた美代の両手の上に手を重ねてきた。美代はその瞬間ビクッとして、思わず胸がドキドキしてきた。胸の高鳴りを悟られまいと俯きかげんになっていた。あるいは、それは当然のこととして、栗本のとった行動であったかもしれなかった。

栗本にはなんの動揺も見られなかった。美代は身体を固くしていたが、内心うれしさがこみあげてきていた。そして美代は栗本が少しは私の思いに気づいているのではないかと、以心伝心のあったことを心の隅で感じていたのである。

美代は日常的に疲れていた。午後、准看護婦学校へ着くと、それが仕事の延長のように、すぐ机に俯せになって眠ってしまうのが常であった。朝六時から昼まで六時間を働き通しに働き、昼食を急いですませ学校まで二十分を歩く。ちょうど空腹も充たされ眠くなる時間が、学校に着く時間であった。この頃、成績は落ちていた。もともと美代は勉強が嫌いではなかったし、入学時の成績はよかったのだ。

「浜田さん、浜田さん」

美代は肩を叩かれた気がした。それは遠慮がちな叩き方であった。美代は顔を上げようとしたものの、あまりの恥ずかしさに顔を上げられないでいた。なんと俯している机上のノートに、涎《よだれ》を垂らしているのであった。

教務主任がそこに立っていた。その目は怒ってはいなかった。後ろの席の親友が頁数を教えてくれた。教務主任は分かっていたのだ。働きながら学ぶ看護学生が、どれだけ大変なのかをよく理解しているからこそ、その思いが美代の肩に当てた手に表われていた。

誰も美代の居眠りを非難する者もない。誰もが自分におき換え、労わりの気持ちを持っていたのである。勤労学生には私語などない。皆働き疲れて寝不足に悩まされ、居眠りが多くなるのであった。

勉強は時間があればできるというものではない。しかし、労働が激し過ぎても勉強はできない。なかなかちょうどいいということは難しいものだ。だからこそ何事にも中庸の精神が尊ばれるのであろう。教える側から見れば、私語ほど授業のやる気を失わせるものはない。

学生には教える方法が下手なのだという者もいるが、とんでもない傲慢さである。教える側と教えを乞う側の両者には、自ずと上下関係があって当然である。あるいは教育方法に差はあるかもしれないが、教えを乞う者の態度ではないのである。授業料を納めているから何を言っても許されると思うことは、間違っているのではないか。

　学生としての本分をはき違えてはいけない。私語も謹しめないならば自宅で独学という方法をとればよいのである。教室は自分ひとりではない。周囲の真面目に学びたいと思っている学生に、迷惑をかけてはいけないのだ。

　とはいえ、そのために学生が減っては学校経営にも影響してくることを考えると、一概に片づけられない問題でもある。根本から考えればこれは家庭教育の怠慢にゆきつくのではないかと考えるが、極端な結論であろうか。


　美代は当直で信子と組むことがあった。信子は中堅看護婦であるが、美代が少しずつ当直に慣れてきたこともあって、ベテラン看護婦とのコンビから徐々に中堅看護婦とのコンビを組ませたのであろうと思われた。夜も十時ともなると学生も寮へ帰り、当直者の二人となった。

　外来患者の診療を本宅へ依頼すると、院長夫人が電話口に出た。てっきり院長が現われると思っていたが、診察室へ姿を現わしたのは栗本であった。院長は本宅にいるはずなのになぜか。美代は院長夫人が当直を裕子と思いこんでいて、栗本に診察を頼んだのではないかと考えていた。美代自身にはむしろその方がうれしいのだが。

患者は六十八歳の女性で、両大腿部の熱傷であった。つき添いの娘はストーブにかけてあったヤカンの湯であると説明した。傷口に味噌を塗ってあったために、これを除去するのに手間どった。傷口にこれらのものを塗ってくる者もあるが、これはよくない。なぜならば傷に刺激となり、感染のもとにもなるからである。昔の人の知恵が災いをしている例である。

こんなものつけてはいけないのにと内心思いながら、美代は味噌を除去していった。栗本はてきぱきと処置をし、投薬をし診察を終えた。熱傷は傷の深さよりその範囲を問題とするが、この患者は範囲としては、それほど広範囲ではなかったために入院とまではいかなかった。

美代は病室への定期処置があるため、信子にあとを頼んで二階の病棟へ上っていった。処置を終えて外来へ戻ると、しんと静まりかえっていた。熱傷の患者は帰ったのだろうと思われた。受付の電気は消えている。診察室の電気は点いていてドアも少し開いていた。

美代は診察室の電気を消さなければと思い、半開きになっているドアを開けて入ろうとしたときであった。通常はドアを開けても、診察台の上の患者が直接見えないようにカーテンがしてある。今もカーテンはしてある。しかし、美代はカーテンの向こうに人の気配を感じていた。アッと小さく声が出そうになった美代と、栗本がカーテンを開けて出てきたのが同時であった。

美代は、今入ってはいけないという、内なる声を聞いた気がして、反射的にドアを閉めていた。心臓が高鳴っている。美代は当直室へ足が向いていた。当直室の畳の上にペタリと座りこんでいた。私はなぜこのような行動をとったのか。栗本は私がドアを開けて入ろうとして、またすぐひき返したことを知っているはずだと美代は思った。

栗本がカーテンを開けて出てきただけならば、なぜ私は逃げてくるような行動をとってしまったのか。あのとき栗本は、本当にひとりだったのだろうか。

美代はあのカーテンの向こうに信子がいたのではないかという思いにとらわれていた。

栗本がそんなことをするはずがないという思いと、否、信子は奔放な性格だと皆が噂し合っていることを知っていたから、そんなこともないとはいえないのではないかという疑心暗鬼が美代の脳裏をかけ巡っているのであった。

それにしても信子はどこにいるのだろうか。トイレへでも行っているのか、病棟から呼ばれて患者のところへ行っているのか。廊下を栗本が通り過ぎる音を聞いた。本宅へ帰っていったのだ。美代は心臓の高鳴りを鎮めようとしていた。当直室の中は電気を点けてはなかったが、本宅の庭園を照らしている水銀灯の灯りが微かに当直室の中を薄明るくしていた。

いつのまにか信子が当直室へ戻ってきていた。廊下に足音も聞こえなかったと思ったが、どちらからきたのか。診察室の方向からだろうか。それともトイレの方向からだったのか。美代にはそれすら分からなかったのである。病棟の患者の眠りの妨げにならないように足音を忍ばせてきたとも考えられるが。

信子は美代に背中を向けたまま、何か美代に言葉をかけたようであったが、よくは聞きとれなかった。それでも美代は、「ええ」とあいまいな返事をしただけであった。ふたりの間の空気は咬み合わなかった。

信子は「寝ようか」と言って、布団を被って美代に背を向けて寝たようであった。美代はここから逃げ出したい衝動を必死で抑えながら、まだ心臓の高鳴りを抑えることができないでいた。涙が出るわけでもなかった。

美代は信子がとても不潔な者に思えて顔を見るのもいやな気持ちになっていた。当直でなかったら、飛び出していたかもしれなかった。看護婦としてはかけ出しの美代ではあっても、看護に携わる者としての自覚と責任感が辛うじてその衝動を抑制していたのである。

今日の夜間外来の診察は、栗本が院長の代理を務めていた。三、四人の診察を終えた栗本は、すぐには本宅へ帰らなかった。美代は背後に栗本の視線を感じながら、処置に使ったあとの膿盆を磨いていた。

栗本は背が高い。足を組んで回転椅子を回し、いつのまにか美代が洗いものをしている水道の方へ向きを変えていた。そのことを美代は堪で察していた。すると美代は殿部の辺りを何か突つかれている感触を覚えて振り向いた。

そこで目にしたものは、栗本がゼムクリップを一本の針金に直し、その先端で美代の殿部を突ついて悪戯をしている姿であった。普通であれば痛いとか何とか言うところだが、美代はそれを無視した。

「何を怒っているんだね」

美代はしばらく返事をしなかった。返事なんかしてやるものかと思っていた。爆発しそうな胸の内を堪えていた。思わず涙が出そうになって膿盆を洗っている手を止め、天井を見上げた。栗本はまだ悪戯を続けていた。

美代は洗いものの手を止めると振り向きざまに叫んだ。

「先生なんか大嫌い!!」

思わず飛び出した甲高い自分の声に、美代自身狼狽していた。本当に私は栗本が嫌いになったのか。この間の当直の晩の情景が、脳裏に甦ってきた。先生なんか不潔だ。美代は一途にそう思い始めていたが、それでも心のどこかでは嫌いになりきれない自分がいることも確かであった。

「何のことだ」

栗本は美代の目をじっと見つめた。クリップを持った手の動きはない。その目は怒っているでもなく、冷静な目であった。

「この間の当直の晩……この間の当直……」

美代は涙が目にたまってくるのが自分でも分かった。それ以上は言葉が続かなかった。

女は好きな相手に向かうと、つい心とは裏腹な言葉を吐いてしまうことがあるのだ。栗本は何も言わず美代の目をくい入るように凝視《みつ》めていたが、人指し指で美代のおでこを突っつくような仕種をして診察室を出ていった。その目は「君は何を勘違いしているんだ。僕は医者だ」と言っているようであった。

あれは私の思いすごしだったのだろうか。今の栗本の目を見ていて美代は、この三日間、栗本に対して抱いた猜疑心が薄らいでいくような気がしていた。

やはりあのときは疲れていて、ちょっとベッドに横になっていただけのことだったのか。早合点であったのか、十七歳の美代の潔癖がそれを許せなかったのである。

本宅の新館で掃除をしていると、長女の机の上に一枚の写真を見つけた。美代の目はそのうちの一枚に釘づけになった。院長の長女とその隣りに二十五、六歳と思われる女性が座っていて、その後ろに栗本が立っている写真であった。栗本の両手は二人の肩にそれぞれ置かれていた。クルージングであろうか。船の上のようだ。背景に大型の外国船が横たわっている。これを見る限りはどこか港なのであろう。

院長の長女が、栗本と一緒であっても何の不思議もない。栗本と長女は従兄妹にあたるからである。しかし、ここに写っている女性はどういう人なのか。やや小柄だが目鼻の整っている美しい人であった。婚約者なのか、それとも恋人なのか。美代は凍りつくほどのショックを受けていた。

恐縮ですが
切手を貼っ
てお出しく
ださい

1 1 2 - 0 0 0 4

東京都文京区
後楽2−23−12

(株) 文芸社

ご愛読者カード係行

書　名					
お買上 書店名	都道 府県	市区 郡			書店
ふりがな お名前				明治 大正 昭和　　年生　　歳	
ふりがな ご住所	□□□-□□□□			性別 男・女	
お電話 番　号	(ブックサービスの際、必要)	ご職業			

お買い求めの動機

1. 書店店頭で見て　2. 当社の目録を見て　3. 人にすすめられて

4. 新聞広告、雑誌記事、書評を見て(新聞、雑誌名　　　　　　)

上の質問に1.と答えられた方の直接的な動機

1.タイトルにひかれた　2.著者　3.目次　4.カバーデザイン　5.帯　6.その他

ご講読新聞　　　　新聞	ご講読雑誌

文芸社の本をお買い求めいただきありがとうございます。この愛読者カードは今後の小社出版の企画およびイベント等の資料として役立たせていただきます。

本書についてのご意見、ご感想をお聞かせ下さい。 ① 内容について   ② カバー、タイトル、編集について
今後、出版する上でとりあげてほしいテーマを挙げて下さい。
最近読んでおもしろかった本をお聞かせ下さい。
お客様の研究成果やお考えを出版してみたいというお気持ちはありますか。 ある　　ない　　内容・テーマ（　　　　　　　　　　）
「ある」場合、弊社の担当者から出版のご案内が必要ですか。 希望する　　希望しない

ご協力ありがとうございました。

〈ブックサービスのご案内〉

当社では、書籍の直接販売を料金着払いの宅急便サービスにて承っております。ご購入希望がございましたら下の欄に書名と冊数をお書きの上ご返送下さい。（送料1回380円）

ご注文書名	冊数	ご注文書名	冊数
	冊		冊
	冊		冊

往診依頼の電話は断らないように、その場で返事をするようにという院長の指示であったから、夜間の往診は度々あった。院長の往診につくのは大抵裕子と決まっていた。院長夫人はこの往診に神経をピリピリさせているらしかった。あるとき、本宅の掃除をしている美代にこう言うのであった。

「今日は夕方、新城の方へ往診に行くらしいけれど、帰りはきっと遅くなるんでしょうね。運転手さんが行くのかしら、それとも先生が運転してらっしゃるのかしら。浜田さん聞いてる？」

「さあ、私、細かいことは知らないんですが」

「往診は北村さんがついていくんでしょう？」

やはり裕子がついていくことを気にしているのだ。

院長が自分で運転して、二人きりで往診に行くことに心を痛めているのだった。女の嫉妬がよく分かったが、美代は裕子を悪くばかりは思っていなかったのである。なぜならば裕子は気性は激しいが、看護婦としてはその業務を適切に遂行できる人であったし、院長付きの看護婦として、診察室の床の水一滴さえ拭き取るような、そんな仕事ぶりを見ているからであった。

「お願いね……」

院長夫人はそう言うのであった。

「はい」

美代は、自然に返事が口をついて出た。

その声が、消え入りそうな声へとトーンが下がるのが自分でも分かった。そしてその言葉の意味を暗黙のうちに理解したのであった。

美代は、院長夫人も好きだったから、できるものなら役に立ちたい、夫人の気持ちが心安まるならば、力になってやりたいという気持ちも少なからず芽生えていた。

その日、美代は裕子と当直をすることになっていた。夕方から往診に出るということは、夜九時までは学生が勤務しているが、九時を過ぎると美代は病院でひとりで留守番をすることになるのであった。夕方から出る往診は、院長が自分で運転することになった。やはり裕子が、往診鞄を持って車に乗りこんでいくのを見送った。

　美代は院長夫人を思いやっていた。往復にどのくらいの時間を要するのであろうか。三時間くらいはかかるのだろうか。留守中のことは栗本の指示を受けるようにと言いおいて出かけた。夜間は外来患者もなく、病棟の患者も落ちついていた。

　夜九時を過ぎると、美代は戸締りのために全館を回り、巡視をし消灯して回った。こちらから電話をしない限り、栗本は外来へ姿を見せることもなかった。美代はそのことでホッとしていたのである。

　先日、子供部屋で見たあの写真のことに拘泥していた。自分の今の心を見透かされそうで、顔を合わせたくない気持ちがあったのである。美代は自分の中のもうひとりの自分に言いきかせていた。

　——栗本を好きになったところでどうにもならぬではないか。身分も違う、教養も違う、学歴も違う、身分不相応のことを考えても無駄だ。釣り合いというものがあるのだ。そんなことは幸せなことではない——と。

十時を過ぎた。

病院の前の通りを、ラーメン屋が鉛を引きずるような淋しげなラッパを吹いて通り過ぎていく。美代はいつもそうするように、診察室の手洗いベースンを玄関へ持ち出して、湯に消毒薬を入れて帰りを待つことにした。寒い中を往診から帰る院長への労いの気持ちであった。

地理上から考えれば、車で往復三時間、それに診察時間を一時間とみて、計四時間くらいはかかるのではないかと想定した。新城の往診先は町中と聞いていた。しかし、外に出た者は途中どんな事態に遭遇しないとも限らない。

時計は十一時を過ぎていた。美代は少々心配になっていた。十時頃には帰るかもしれないと思ってからの一時間は長く感じられた。私は何に心配したのか。往診先のふたりに事故でもあったのではないかという心配と、もう一方で院長夫人の心を察しての心配の両方であった。

社会ではハイソサエティと思われている医家へ嫁ぎ、お金に不自由する生活でもなく、子供にも恵まれ、上等の衣服を身に着け、立派な大きな家に住み、美食に慣れ、自分の好きな趣味もできる人々の羨望を集めている夫人に、このような悩みがあったのだ。外見からは想像もつかないような心の奥の悲しみは、誰にも話すわけにもいかないであろう。

人は何をもって幸福とするのだろうか。地位か、名誉か、お金か、そのいずれをも自分の力で成し得ることはなかなか難しいことだが。幸せの尺度は人それぞれ違うが、人の欲望は際限のないものだ。「上を見ればキリがない。下を見ればキリがない」と昔の人は言ったが、それは本当のことのような気がする。

美代はこの病院に勤めてから自分の仕事を一所懸命することしか考えてこなかったように思うが、この頃こういうことを考えるようになってきているということは、自分に余裕が出てきたということになるのであろうか。

時計は十一時半近くになっていた。美代は冷めてしまった手洗いの湯を替えるために、厨房の釜に残っているぬるくなった湯を運んできた。

しばらくすると外で車の停まる音が微かに聞こえた。往診の車が帰ってきたのだ。いつも鳴らすクラクションの音はなかった。近所の家々が寝静まっているることを慮ってのことであろう。深夜の静寂は車のタイヤのわずかな軋みまでも鮮明に伝えていた。

玄関を入ってきた院長は、静かにスリッパに履き替えると、すぐ手洗いベースンに手を浸した。

「お帰りなさいませ。お疲れ様でした」

「おお、あったかいなあ」

美代にそう言う院長の顔は穏やかで、声は二階の病棟で眠っている患者を思いやってか、小声で囁くような安堵のような声であった。美代は、先刻二度目の湯にとり替えてよかったと思っていた。院長のこの一言を聞きたくて、いつもこうしていたのかもしれない。草履を温めた藤吉郎と同じ気持ちであろうか。

美代は院長の顔を見ても、院長夫人の心配しているようなことがあったとは、とても思えないでいた。たとえ何事かふたりの間にあったとしても、十七歳の美代には窺い知ることはできなかったという方が正解かもしれない。

院長は黒皮のスリッパの音を気遣いながら、本宅への廊下を歩いていった。本宅の二階に目を移すと、黄色い灯りが点いていて、まだ院長夫人は寝ないで待っているであろうと思われた。ふたりはどんな会話をするのであろうか。美代は夫人が温かいお茶でも入れて、労いの言葉をかけて欲しいと願っていた。

「浜田君、血圧計巻いて」

久し振りに外来診療に姿を現わした栗本は、診療介助についた美代にこう言った。美代は診察台に横たわっている五十代の男性の右手に、血圧計のマンシェットを巻いた。

栗本は東北の学会に行ったということを同僚の看護婦から聞いていた。留守をしていた数日の間に、美代の気持ちは落ちつきを取り戻していた。あの写真を目にした美代が、心の動揺を鎮めるのに、この日数は必要であったような気がする。

栗本は血圧計は心臓の高さに置くこと、肘関節の中央に肘正中皮静脈が走っていること、血圧は尺骨側に動脈が走っているから指腹で探して聴診器を当てること等を、手をとって美代に教えてくれた。美代はなぜか涙が出そうになった。栗本の手は温かかった。

栗本は以前に私が大嫌いだと言ったことが、今も頭に残っているのであろうか。それにしても今、涙が出そうになったのはなぜであろうか。もう栗本のことは何も思わないようにしようと心に決めたのではなかったのか。私の中の私が、仕事の中に私情を挟むなと言っている声を聞いた。美代は辛うじて涙のこぼれそうになった自分を抑えていた。

「勉強しろよ」

こう言う栗本に、美代はいつもの自分に戻って、先日来教えてもらいたいと思っていた、成長期の男の子に見られる膝の疾患について質問した。栗本はすぐ答えてくれた。

美代は学校に昼過ぎに着くとすぐ眠くなってしまう習慣を我ながら情けないと思いながら、もしかして栗本はそんな私を見透かしているのではないかと恥ずかしく思っていた。同時に、この言葉に未だ栗本を嫌いになりきれない自分をそこに見ていたのである。

春が過ぎ、夏を迎えていた。病院は入院患者の上布団を、薄い夏布団に交換した。院長は病棟の回診をしていた。病棟主任の八木恵美は三十八歳で独身であり、北村裕子と同様ベテラン看護婦である。二人とも開院当時から勤めているのだと聞いていた。

恵美も院長を好きなようではあったが、外来診察室へ行くと裕子が常に院長のそばにいるために、裕子を押しのけて院長にとり入ろうとするようなことはなかったのである。しかし、病棟回診では院長にべったりとつき、独壇上で張り切っているように見受けられた。院長はなかなか上手に二人をあしらっていた。これも経営者として上手に人を使っているのかもしれなかった。

入院患者は院長の回診となると、早くから寝巻きを取り替え、部屋の中を片づけ準備をして待つというふうで、張りつめた空気さえ流れていた。ときにはジョークを交じえ、患者の質問にも答えて、インフォームドコンセントにも努めているようであった。

看護婦は三、四人が常に院長に従い診察の介助をし、X線写真や検査結果、心電図などのデータを指示に応じて示していた。回診を終えると恵美は院長にこう言った。

「院長先生、患者さんのために七夕飾りをしたいですけどいかがでしょう」

看護婦相手に話すときとはまるで違う甘えた声を出している。あんなにも変われるものなのかと美代は思っていた。

「おっ、いいじゃないか」

鶴の一声で、皆で七夕飾りをつくることが決まった。運転手がどこからか竹の笹を調達してきた。それに色紙を切り、皆思い思いの言葉を書くことにした。入院患者も病気治癒祈願の言葉や家内安全等をそれぞれ書いて、笹の葉に吊るした。

色紙はカラフルで各々の思いが込められたものであった。親子で書くもの、恋人との連名で書くもの、夫婦連名のものなどあり、他にも折鶴を折って飾るものもあり、病院の階段は華やかな空間へと一変した。看護婦も患者に混じりそれぞれ思いを綴っていると、そこへ栗本もきた。今日はいやに機嫌がいい。

「先生も書いて、書いて」

誰かが言った。

「僕は字がへただからだめだよ」

「字のじょうず、へたは問題じゃないわ」

そう言われて栗本は、美代の書いた横に書くと言った。

えっ？　と思わず美代は栗本の顔を見た。栗本の書いた字は「中庸」であった。美代はそれを見て我が意を得たりの気分であった。美代は「先生は連名で書きたい人がいるんでしょ」と言ってやりたい気持ちで、少し睨む目で栗本を見るとその目は笑っていた。

美代はこの頃になってようやく栗本とのことを、冷静に考えようと思い始めていた。そのためか余裕のある態度をとれるようになっていたのである。

美代は何度か院長の長女に、あの写真に一緒に写っていた女性のことを聞いてみようかと思った。しかしそれはやめた。聞いてみたところで、もし彼女が婚約者だとかあるいは恋人だとか聞いたとき、私は今以上に苦しむことになるのではないか。自分に釣り合いのとれた相手ではないのだ。それならば知らないままでいた方がよいと考えたのであった。

美代は短冊に「働くよろこび」と書いたが、その横に栗本の名前が自分と苗字が違うとはいえ、書かれていることが面映ゆくもあり、また淋しくもあった。

現代の若者は苦労して働くということが少ない。昔は、朝起きて学校へ出掛ける前まで家の手伝いがあった。田舎の人間であれば玄関の掃除から始まり、廊下や板の間の拭き掃除、洗濯板を使っての洗濯、家畜の世話などあった。それが電化製品の普及により、省力化へと進んだ。

子供たちの手伝いの出番は、ますますなくなった。子供の勉強は複雑化してきたものの、仕事をする機会はなく、苦労して働くという経験の機会がなくなった。現代のこんなうらやましいとも思える実状にありながら、若者が満足していない実態が報告されている。

もっと苦労したい、働きたいという若者が増えてきているというのである。精一杯の仕事もせず、昼間から遊びまわり、飽食に明け暮れ、深夜になってもコンビニでタムロして地べたに座りこむ。こんな怠惰な生活をつまらないと思うようになったということであろう。それでこそ正常な人間なのである。

遊び歩いていることなど、楽しいことではない。人生に目的を持って一生懸命働き、仕事の合間の短い時間をやりくりして遊ぶことこそが楽しいことなのだ。遊んでいるだけの人間は、そういう顔になっていて緊張感がない。心に充実感もないであろう。若者はそのことに気づいたのだ。

思い立ったが吉日、まず自分の部屋の掃除をするとよい。どんなにか気持ちのよいものか。何かやろうという元気が出てくるものだ。そして次に自分が使うトイレの掃除をするとよい。自分の仕事ではないと思うことはないのだ。家族がいればこのことが家族のためになるのだ。人のために何かひとつできることをするのだ。

見つけてやろうとすれば何かある。思っているだけではだめなのだ。すぐ実行してみることが大切なのだ。のんべんとしていた若者の顔は、緊張感が出て輝きを増すことまちがいなしである。そうなって欲しいものだ。その緊張を増した顔の若者には、仕事や縁談が舞いこんでくるに相違ない。誰も見ていないと思っていても、神様だけは確かに見ていてくれるであろう。


どこか遠くで人の話し声を聞いたような気がした。しかし、目がどうしても開かない。いっとき話し声は聞こえなくなった。やはり気のせいであったかもしれないと思っていた。ここはどこだろう。肩が寒い。再び話し声がボソボソと聞こえてきた。その声に誘われるように美代はここが待合室だったと気がついた。そうだ、ここでうたた寝をしてしまったのだ。

待合室の時計は深夜の二時を過ぎていた。今日は学校の試験がある日で、昨夜は十一時過ぎに風呂から出て、それからここへきたのであった。看護婦寮は大部屋であるから夜中に灯りを点けて勉強していては、皆の睡眠の妨げになるのではないかと思い、この待合室へきたのであった。

病院の診療棟は、玄関を入ると事務室と受付、薬局、診察室、処置室、X線室、検査室があり、他に待合室、看護婦当直室があった。美代は待合室の戸をそっと開けてみた。事務室は暗いが隣りの診察室から灯りが漏れていた。外来患者の診察後に診察室だけ灯りが点いているということは、多分診察が終わってから、当直者が医師と話でもしているのだろうと思っていた。

それにしても私は、外来患者のきたことも知らずにうたた寝をしていたのだろうか。そんなはずはない。和室の待合室で勉強を始めたのであるが、たいして能率も上がらないうちにうたた寝をしてしまったのであった。

昼間の仕事の疲れに加え、夕方学校から帰って夜九時までの病院勤務、九時過ぎには本宅の子供が勉強を見て欲しいと言ってきた。その相手をし、その後に風呂に入ると十一時になってしまったのだ。

この頃、美代の学校の成績はクラスの中くらいにまで落ちてきていた。入学時は成績は思いの外よく、院長の家族は医師会でも鼻が高いといって喜んでくれたようであった。しかし美代は毎日の仕事に疲労が積み重なり、身体はへとへとに疲れ、学校へ行くとすぐ眠くなってしまうという状態だった。

美代の父は、かげ陽なたなく働くよう教えていたから、その教えが美代の骨の髄までゆき渡っていたからである。手背の絆創膏は、薪割りをしていて斧で切った傷であった。

親は、まさか子供が薪割りまでしているとは考えも及ばないであろう。この薪は職員の風呂用、患者の風呂用に使われた。子供の頃から家の仕事はなんでもしてきたが、薪割りはしたことがなかったから、慣れるまでには怪我もあったのである。

診察室から漏れていた話し声がやみ、突然哭いているような声に変わった。声は押し殺したような哭き声である。今晩の当直は、裕子であったはずだと美代は思い出していた。とすれば話をしている相手は院長ということになろうか。

看護婦の間では、院長と裕子のふたりの関係は公然の仲となっていた。裕子には対抗心を持つ病棟婦長を除けば、皆どうでもいいじゃない、それで病院の中が働きやすくなればと噂し合っていた。

回診が終了して詰所へ院長が入ると媚びを売る仕種に可愛らしさも備えた病棟婦長に、若い看護婦たちはたがいに目くばせをして詰所を出ていくのであった。院長にしてみればふたりとも使用人であるから、ここでも病棟婦長をじょうずに扱わねばと思ってのことであろう。相手の気持ちを考えて、気をそらさないよう対応しているのであった。

診察室の嗚咽は続いていた。二階の病棟からはトイレに行くのであろうか、松葉杖の足音が聞こえてきた。夜の静寂の中でその嗚咽は、許されぬ愛の抜け道のない悲しみに耐えているようであった。

あの当直の夜のことがあって三日後、美代は看護学校から帰ると、裕子が病院を辞めたということを聞いた。驚きとともに、あの晩ふたりが別れ話をしていたのだという確信を持ったのであった。同僚は結婚退職だと美代に伝えた。裕子は三十五歳になっていたから、自分の将来を考えて院長との関係を断ち、結婚への道を選んだのであろう。賢い選択と言うべきか。

何が最善の道であるかは当人でなければ分からないことだが、一般的にはそういう見方をするであろう。しかし、あの夜のことを知っている美代は、裕子がその決断をするのにはどれほど苦しい思いをしたであろうかと思い気遣うのであった。

翌朝、本宅の掃除に行くと院長夫人は顔の険がとれ、いつもより明るい顔で、

「ねえ浜田さん、今度北陸へ家族で泳ぎに行くのよ。私の水着ちょっと派手かしら。見てちょうだい」

そう言うと、確かに派手とも思える花柄のワンピースの水着を美代に見せた。心の重荷がひとつ除かれ、心に平安が訪れているのであろう院長夫人の気持ちを表わしていた。

院長は、裕子の後任の診療介助に誰を充てるのだろうかと噂をし合った。裕

子は院長とあのような関係になり非難もされたであろうが、仕事は実に的確にやりこなした。

診察室の窓は曇っている日がないほどで、床は掃きこまれていた。ややきつい面もあったが、院長が仕事のパートナーとして信頼し、ふたりの息が合い、仕事がスムーズに進むことは、たがいにこの上ない幸せであったであろう。そのことがひいては患者にとってもよい影響を与えたのであろう。ふたりの間に愛情が芽生えたとしても何の不思議があろうと美代は思うのであった。

外来診察室の後任には、学校卒業後三年経験のある有村由起子が決まった。由起子は髪を後ろで一束に束ね、化粧っ気もない。浅黒の肌、中学時代に剣道をしていたという、小柄だががっしりとした体格の女性である。看護婦たちは「今度は大丈夫だね」などと、明るく冗談をとばしあったりしていた。そんな噂を知ってか知らずか、院長夫人はこの頃美代にそれらのことに関しては何も言わなくなっていた。

由起子は、真面目な顔をして黙々として働いていた。色めいた話などどこ吹く風といった顔をしていた。美代はこの由起子の拙誠とも愚直ともいえる生き方を好ましく思っていたのである。

暮れも押し迫ったある日曜日の夕食の席で、美代は先輩看護婦が栗本のことを話題にしているのを聞いた。それは午前中に栗本が外来の診療棟に女性を連れて現われたということであった。日勤の看護婦は、あの人はきっと先生の婚約者に相違ないというのであった。スタイルもよく小柄できれいな人だが、なんとなく気位が高く、看護婦を見下げたような態度で私はあんな人は嫌いだと言った。

美代は、いつか子供部屋で見た写真の女性のことをすぐ思い出した。もうひとりの日勤看護婦は、どうも開業医の娘らしいと、どこで情報を耳に入れたのか、そんなことを言った。その会話には羨望とひがみが入り混じっているであろうとも思われたが、美代は当たらずとも遠からずの見方をしているのではないかと思えていた。

その女性の持つ自尊心と看護婦に対する優越感がその態度に表われていることを、看護婦は見落とさなかったのであろうと思われた。この会話を聞き、美代が自分の心の中に少なからぬショックを受けたことは言うまでもなかった。

しかし、この自分の内なる心をその場にいる人たちに悟られまいとして、美代は無意識のうちにかなり冗舌になっていた。まだ婚約者であることがはっきりしたわけではないが、やはり多分そうであろうという気がしていた。

栗本の年齢から考えれば、そういう話が進んでいたとしても何の不思議もないのだ。あの写真には、院長の娘と栗本とその女性と思われる人が三人で写っていた。院長の娘が一緒ということは、婚約の段階と見てもよいのだ。

美代は早目に食事をすませ、ひとりになりたかった。看護婦がその女性のことを、看護婦を見下げたような態度で嫌いだと言った一言が、美代の心を少し楽にしていた。栗本の選んだ相手はそんな人を見下げるような人だったのかという思いより、むしろ美代の心の中の攻撃は、相手の女性に向けられていた。あなたのような人が、栗本の妻になって欲しくないと。

美代はひとりになると、心の動揺を鎮めるためにガブガブとたて続けに水を飲んだ。私には関係のないことだと思いながら、まだ心の隅で栗本のことを思っていたことを思い知らされたのであった。これでよかったのだという思いが美代の心に芽生えるには、もう少し時間が必要であった。

涙は出なかったが、美代の心の中で学習への意欲も仕事への意欲も失われていくような、失望感とも脱力感ともつかないそんな悲しみが湧き上がってくるのを感じていた。

美代は、二年間働きながら通学した准看護婦学校の卒業を間近に控えていた。病院では相変わらず三角巾に白エプロンで、まだ一人前の白衣を着せてもらえるまでにはなっていなかった。准看護婦学校二年になっても後輩が入ってこなかったため、病院や本宅の掃除やいくつものトイレ掃除は続いていた。

栗本はそれからまもなくして、大学病院へ戻るために本宅を出たということを聞いた。そしてあの女性が、予想した通り婚約者であったということであった。これでよかったのだと美代は思えるようになってきていた。

この頃は夕方学校から帰り、急いで夕食をすませると、病棟の検温に回るようになっていた。このときは看護婦用の予防衣をつけることを許されていたが、頭は相変わらず三角巾のままであった。

患者と接することは、この上なくうれしい時間であった。中でも美代の行なうケアを心待ちにしている老婆がいた。大腿骨頸部骨折で寝たきりになっているその患者は、ギプス床に寝たままで、風呂に入ることもできないでいた。美代は夜になるとバケツに湯を入れていき、両足の足浴を行なうことにしていた。老婆は、毎日その時間を楽しみに待っているようであった。

「足を洗ってもらうとよく眠れる」

そう言って大層喜んだ。この老婆の家族は、大きな食品スーパーを営んでいるということであった。入院当初はときどき家族が見舞いにもきていたが、入院が長期になると家族の足は遠のいていた。嫁にあたるという女性が、果物やごはんのおかずを届けにきたが、すぐ帰っていくという状態であった。

入院も長期になると家族にとっては、このまま病院にいてほしいとの思いがあるのであろう。それでも病院の人たちの手前、たまには顔を出さなければと思うのであろうと思われた。老婆は話し相手もないために、美代が行くとなんでも話したがり、嫁のこと、孫のことを話し、美代の忙しいことなど念頭にはないようであった。

若かった当時の美代は、患者のところで長話をすることは、先輩看護婦からよく思われないのではないかという罪悪感にも似た気持ちを持っていて、どこかで老婆の話をうち切って帰らなければと思うことさえあった。

しかし、この老婆の話も聞いてやりたいという思いから、足浴をしながら話を聞くことにしていたのであった。足浴をしている間に、老婆は枕元でちり紙に何か包んでいる。その紙で包んだものを美代の予防衣のポケットに突っこむように入れた。美代はきっとお菓子に相違ないと思った。

「おばあちゃん、これは私の当然の仕事だから心配しないでいいのよ」

「そいでもなあ、持ってってちょうだい」

なおも言う老婆を説得した。

ありがたい気持ち半分と、あと半分は手も洗えないおばあちゃんの手で紙に包んだお菓子は、食べられないなという気持ちが正直のところであった。それでも老婆は手を退かなかった。美代はそれ以上は拒まないことにした。自分が老婆の気持ちも考えなかったことを恥じ、ありがたくもらうことにした。「恕」の精神であっただろうか。

学校の成績は予想した通り芳しいものではなかった。無理もない。学校へ着けばすぐ居眠りが出るようでは、学校を出たというだけではないか。学校を卒業すると資格は取ることができたが、美代の気持ちは満足とはいえなかった。

働きながら学ぶことの苦労は、学業一本の者には理解は困難であろう。若き日にバラを摘めとは言うものの、度が過ぎた就労はどちらかがおろそかになるものだ。

美代は正看護婦の資格を取りたいと考えるようになっていた。勉強のできる環境が必要と思いながらも、学業一本とする経済的余裕もなかった。

とはいえ、働きづめに働いたことは時間が経つにつれ懐しい思い出になるものだ。自分の人生の中で、神から与えられた仕事と思えば感謝して受け、やり遂げようと考えていた。人生が遠回りでも甘んじて受けようと考えるようになっていた。

自分が人の役に立ち、やる仕事があるということが、尊いことだと思えるのであった。縁の下の力持ちのような仕事であろうと、今の自分に与えられた仕事に誇りを持つことだ。無駄な仕事はひとつもないのだ。

院長夫人に呼ばれて本宅へ行くと、

「院長先生があなたをお呼びですよ」

そう言って院長のいる居間へ呼ばれた。

「浜田、栗本がこの本を君に渡してくれと置いていったよ」

渡された本は人体解剖図であった。栗本は大学病院へ勤務のためにこの本宅を出て、結婚をしたことはすでに聞いていた。美代は複雑な気持ちであった。栗本はどのような気持ちでこの本を私にくれたのか。この本には栗本の匂いが泌みつき、栗本の手垢が泌みこんでいるのだと思うと愛しさがこみあげてきた。

罪といえば罪な話だ。私の気持ちなど分かっていないのだ。栗本は単に、看護学生として医師の目で私を見ていたにすぎないのだ。美代は栗本がいつか言った「勉強しろよ」という言葉を反芻していた。

本の裏表紙には栗本の自筆サインがあった。医学生の頃の筆跡であろうか。美代はその名前を指腹で撫でてみた。これでよかったのだ。結婚は釣り合いというものがあるのだと、自分の心に納得させるのであった。

美代はすでに四十歳を超えていた。岐阜市内の病院で婦長をしているが、半年前偶然にも入院患者の家族として面会にきていた女性に会った。

遠い記憶とはいえ、昔の面影を残すその女性は、美代が中学を卒業して准看護婦学校へ通いながら勤めた病院の、元看護婦であった。彼女は病院を退職して結婚し、この岐阜で暮らしているということであった。

その彼女と昔の話をしている中で、意外なことを聞かされたのであった。それはあの病院の院長が亡くなったということであった。昨年亡くなったとのことで、六十五歳で肝疾患であったと言った。美代は驚愕した。あの立派だった院長が、亡くなられたことが信じられなかった。実に端正で品格もあり、昔のお医者様と思えるような清潔感のある医師であったことが脳裏に蘇った。

美代が用意した手洗いの湯を、心から喜んでくれた先生だった。そして「君がうちの病院にいるからトイレがきれいだ」と言ってくれた先生だった。美代が院長に抱いた畏敬の念は、今もなお心の奥底にあって色褪せることはなかったのである。

美代は休暇を利用して、昔勤めたあの病院へ、亡くなられた院長のお参りに行こうと思い立った。街は昔とは随分違っていて、すっかり様変わりの様相を見せていた。昔あった煙草店も青果店もなく、大きなスーパーマーケットが建ち並んでいた。

病院は同じ場所にあったが、現在は開業している様子もなくひっそりと静まりかえっていた。院長亡きあとは病院経営をやめているのであろうことが想像できた。あの頃八歳であった男の子は、現在何歳になっているのだろうか。美代はそんなことを考えながら玄関のブザーを押した。

しばらくして玄関に姿を表わしたのは院長夫人であった。美代を見ると驚いて、

「あら浜田さん、浜田さんでしょう。よくきてくださったわね」

院長夫人の歩き方は、昔と変わらず優雅なおっとりしたものであった。一通りの挨拶をしたあと

「院長先生がお亡くなりになられたことをお聞きしましたので、お参りをさせて頂きたいと思い、伺いました」

と言うと、

「そうなの、淋しくなりました。でも本当によくきてくださったわね。昨日も子供が集まった席で、あなたの話が出ていたところなのよ」

そう言い、歩きながら長男は現在東京の病院に勤めていて、まだこの病院を継いでくれそうもないこと、もし長男が帰ってこなければこの病院を栗本に継いでもらいたいと思っていることなど話した。

美代は久しく思い出すことのなかった栗本の名前を、今は大層懐しく思い出していた。

「栗本先生はお元気ですか」

躊躇しながらも聞かずにはいられなかった。栗本は私とは十二違いだから、もう五十四歳になっているはずであった。

「今はどちらに？」

そう尋ねる美代に院長夫人は

「今はある公立病院の副院長をしているの」

さらに夫人は驚くべきことを美代に話した。それは栗本の妻が三年前に胃癌で他界したこと、子供が二人いて孫もいること、長男の家族と一緒に住んでいることであった。

美代は院長の位牌のある仏間に通された。あの当時の院長の風貌が思い出され、目頭が熱くなった。お参りをすませた美代に、

「もし栗本先生がこの病院を継いでくれるようになって、あなたが手伝ってくれたらきっと喜ばれると思うわ」

美代はすぐには返事はできず、院長夫人に笑顔を向けるのが精一杯であった。美代の心は複雑であった。院長夫人は、私を婦長としてこの病院に迎えたいと考えているのであろう。もし私がここへ今姿を現わしたことを栗本が知ったら、この話と結びつけてどう思うであろうか。やはり院長夫人と同じように、看護婦として仕事のパートナーとしてきて欲しいと思うのであろうか。

美代は病院を出て帰る道すがら、再び栗本に会うことがあるだろうかと考えていた。私は十六歳で働き出し、三十年近い年月を働き続けてきた。

キリストは、この世に結婚して子供を産み育てる女性と、世の人々のために働くように生を与えた女性のふたつをつくったという。私はそのいずれであろうか。やはり後者であろうか。子供を産める年齢はとうに過ぎていた。あの若

かった頃に抱いた栗本への熱い思いは、今はなかった。穏やかな気持ちで栗本のことを思い出していた。

「勉強しろよ」

またどこかであの声を聞いたような気がした。街中の銀杏の葉は黄色を増し、夕陽に映える舞い姿は、美代に晶子の歌を想起させるのであった。

根　幹

2000年9月1日　初版第1刷発行

著　者　筧《かけい》　譲《じょう》子《こ》
発行者　瓜谷綱延
発行所　株式会社文芸社
〒112-0004　東京都文京区後楽2-23-12
電話　03-3814-1177（代表）
03-3814-2455（営業）
振替　00190-8-728265
印刷所　株式会社平河工業社

ISBN4-8355-0640-5 C0093